好預兆
管家琪◎著　郭莉蓁◎圖

推薦序

態度決定了人生高度

許建崑（前東海大學中文系教授）

管家琪老師「有品故事系列」套書十冊出齊了！最先發行的《膽子訓練營》、《勇敢的公主》、《粉紅色的小鐵馬》三本書，似乎是帶領著讀者勇敢的跨進四年一班教室。

第一本，藉著新來的同學丹禎放下「隱形朋友」，與班上同學融為一體，作為故事的軸心；卻也可以看見班導陳老師照顧學生的耐心與膽識。第二本，為了班級話劇比賽，全班同學卯足全力，選角、扮演、排戲，還真熱鬧。可是在演出前夕，發現與隔壁班的戲碼相同。扮演公主的繽繽必須變通，而班上的同學又能齊心合作，達成任務，勇敢、機智、合作的特質，呼之欲出。第三本，主題看似「繽繽學車記」，說明

「堅持就能成功」。可是呢？管家琪老師利用繽繽三次與粉紅小馬相伴的夢境，帶來優美而迷離的氣氛；又讓陳老師引導同學思考「二十年後的我」，寫下短文，而文中的每個小小志願，都像一朵朵綻開的蓓蕾，令人讚嘆。

四年一班的故事，當然不只這些！七本新書，帶給我們更多的訊息。

班長巧慧是陳老師的好幫手，冷靜、理性，擁有強健的心理素質，家庭的教養給她很大的助力。在《椅子會唱歌？》中，劉家大厝改建，伯叔重聚故里，儘管三兄弟的成就大有不同，與父親曾有的互動，有百依百順的，有爭執衝突的，也有抱憾在心的，但都是因為「愛」的緣故啊。巧慧跟著爸爸、媽媽回家，與堂哥、堂妹去老宅探險，聽見椅子搖擺的聲音，還以為是爺爺的靈魂回來，坐在椅上搖啊搖。全家人對爺爺的思念，都在不言中。

與巧慧最要好的同學繽繽，綽號「冰淇淋」，卻有完全不同的性情，活潑、感性，勇於嘗試，也敢於認錯。因為作文本沒拿回來，忘了寫作文，跟老師謊報作文本丟在公車上。管家琪老師以《對面的怪叔叔》為題，創造一位拖稿未交的鬍子作家，謊稱照顧一隻從樓上跌下來的貓；來對比繽繽說謊的行為。誠實真好，說謊很累人，因為「每說一個謊，要用二十個謊言來掩飾」呢！

看見同學養寵物，繽繽也動心。《懷念小青》故事寫下繽繽養了兩隻小烏龜，最後不敵病菌感染，雙雙去了天國。繽繽把心中的遺憾說給楊校長聽；回家後，她要去幫助鄰居的森森，好好照顧小白狗。

養寵物之外，繽繽陪奶奶在陽臺種蔬菜，也是個新鮮的經驗。樓下森森的外婆有志一同，也來種菜，森森卻想「揠苗助長」，讓菜苗長高一點。在《好預兆》中，還有兩條脈絡：第一、福利社的阿姨很生氣，因為她的孩子龍龍為了做直銷，回家要錢；第二、爸爸的朋友老鬼，以「算命」為手段，誘引爸爸加入直銷。故事結束在校園開出了一片農田，請龍龍來負責耕作，讓班上的孩子也來實習。精緻的結構，說明勤勞才有結果，想「一步登天」要不得。

故事中有四個比較搶眼的男生。幼稚園大班的森森，常有些滑稽舉動，添加笑點，不過他卻比繽繽先學會騎腳踏車呢。

李樂淘與李家富是一對班寶，有點像美國好萊塢影片中的喜劇雙人組合勞萊與哈台。樂淘喜歡搧風點火，家富則是大喇叭，兩人可以把小小事情掀成狂風暴雨。那一天，陳老師帶一箱雞蛋來教室，發給大家「照顧」，好體會父母撫養子女的辛苦。不到半天，很多人打破了，就來搶其他同學的雞蛋。恰好隔壁班的宋小銘來串門子，他銳利的眼睛，發現樹上有個鳥巢，班上同學又爭相爬樹去看小鳥。混亂的場景，無法收拾，還驚動了楊校長。這就是熱鬧的《保護寶貝蛋》！

宋小銘家教較嚴，奶奶強迫他假日陪伴去市場撿寶特瓶，被同學傳述，覺得很丟臉。他把奶奶做的小紅布包送給了繽繽，卻讓森森的外婆發現，小布包的製作人曾有幫助窮人的義舉，新聞報導過。原來，小銘的奶奶勤儉、積聚，並不是自私自利的行為。《紅色小布包》一書中，說明了勤儉的美德，也間接暗示家人更須相互溝通了解。

最熱鬧的故事是《藏在心裡的疤》。班上同學鬧事，訓導主任要班長記下名字，巧慧獨漏了繽繽的名字。樂淘為什麼會起鬨呢？家富為什麼要生氣呢？繽繽又如何加入戰局呢？巧慧做出不誠實的行為，該怎麼對陳老師負責呢？恰巧陳老師的國中同學何美麗來訪，勾出當年化學實驗課誤傷美麗，留下永遠疤痕的往事。沒有人不會犯錯，但犯了錯就該坦承道歉，好好溝通，自然可以贏回友誼。

透過這十本書，管家琪老師把四年一班的師生給寫活了，但她也想要點出這些孩子的性情都是原生家庭培養出來的，如果家庭和睦，夫妻、婆媳、父子、母女溝通良好，孩子自然健康、開朗，未來也會有良好的處世態度。而「態度決定了人生的高度」，就是管家琪老師投入「有品故事系列」書寫最大的目的吧！

自序

耕耘與收穫

管家琪

天主教有「七宗罪」的說法（所謂「罪」，是指罪惡的源頭），懶惰就是其中之一。一個人如果懶惰，確實很容易引發其他消極的心態和作為。

相反的，如果我們能夠克服好逸惡勞這種人性上的弱點，取而代之以勤勞樸實，那麼就能帶來許多美好的事物。首先，一個勤勞的人不容易浮躁，他知道「天下沒有白吃的午餐」，也明白「羅馬不是一天建成的」，任何成功都不可能一蹴而就，不要只看到別人成功的光鮮，而忽略了別人背後的努力。只要我們肯腳踏實地的付出勞動，業精於勤，我們也有機會做出一點成績。

其次，所有成就都來自於一點一滴的累積。有時候由於客觀環境因素的影響，一分耕耘不一定會有一分收穫；然而如果不肯耕耘而一味希冀不勞而獲，那麼成功的機會更是渺茫。只要我們耕耘了，至少可以問心無愧，而且在勤勞耕耘的同時，總會有一些無形的收穫。

勤勞不但是我們安身立命的根本，也是我們磨練自己，以及不斷完善自己最好的方式。

目錄

出場人物

劉巧慧

四年一班的班長，冷靜、理性，而且細心，是班導陳老師的好幫手。

林齊繽

小名繽繽，個性活潑、喜歡挑戰不同事物。和巧慧是最要好的同學。

陳老師

本名陳小靜，本系列核心人物，四年一班導師，對教學充滿熱情。

森森

本名鄭文森，活潑開朗的幼稚園大班生，住在繽繽家樓下。

老何

餐廳阿姨的先生，
平時待人親切， 但
碰上自己的兒子特
別沒轍。

老鬼

齊繽爸爸的老朋
友，自稱研究命理
多年，其實本業是
做傳銷。

餐廳阿姨

學生餐聽的老闆
娘，因為沒有女
兒，所以對女生特
別好。

龍龍

餐廳阿姨的兒子，
自恃、有一點小聰
明，總是做著發財
的白日夢。

張婆婆

森森的外婆，個性
嚴肅，喜歡在老家
旁種滿蔬菜的菜園
種種菜。

學生餐廳的騷動

這天，午休時間，繽繽和巧慧正要去學生餐廳的時候，路上碰到李樂淘和李家富。

「喂，你們要去哪裡？」李樂淘問。

「學生餐廳。」繽繽和巧慧異口同聲，都覺得李樂淘和李家富真是多此一問，現在是吃飯時間、又是往這個方向，當然是要去學生餐廳，還會是去哪。

「那你們要小心一點，」李樂淘說：「餐廳阿姨今天不知道怎麼搞的，凶得要命！」

李家富也說：「就是啊，我們剛才也沒怎麼樣，只不過是不小心把筷子掉在地上，筷子都是塑膠的，又摔不壞，可是她就氣成那樣，瞪著我們的時候，眼睛好像都會噴火！」

「哪會有這麼誇張啊。」繽繽不信。

「就是嘛，我也覺得一定又是你在加油添醋。」巧慧表示同感。

「好好好，不信就算了，」李家富嘀咕著：「我們這真的叫做……叫做好心被當成是什麼東西……」

李樂淘幫腔道：「是『好心被當成驢肝肺』啦。」

「對對對，『好心被當成驢肝肺』，」李家富說：「反正我們已經好心提醒你們了，叫你們別去你們偏要去，待會兒萬一挨了罵，你們就會想起我們了！」

巧慧說：「怎麼能不去，我們都還沒吃飯哪。」

「那就沒辦法啦，那你們就做好心理準備吧。」說完，李樂淘就拉著李家富跑了。

「哪裡會像他們說的那麼嚴重，我覺得餐廳阿姨的人很好啊。」巧慧說。

繽繽也很贊同。再說，餐廳阿姨就算偶爾會對男生凶一點點，但是大家都知道她對女生向來是最好的。有人說，這是因為阿姨沒有女兒，很喜歡女孩，所以對女生特別好。

忽然，繽繽想到了什麼，對巧慧說：「會不會是阿姨的兒子又來了？」

餐廳阿姨有一個兒子，聽說她那個兒子很不聽話，總是不肯好好工作，什麼工作都是只做一兩個月、甚至三五天就不幹了，讓他們夫妻倆傷透腦筋。

「嗯，也許吧。」巧慧應道；想想也是，好像已經有好幾次了，餐廳阿姨如果心情不好，十之八九都會看到她的兒子就在旁邊。

不過，阿姨再怎麼樣應該都不會對小朋友太凶吧，巧慧和繽繽都這麼想。

然而，一走進餐廳，兩人就都愣了一下。

她們看到在打菜區，阿姨正凶巴巴的在吼一個高年級的學姐。

阿姨居然會對女生這麼凶，這可真是少見！

因為阿姨一急，講話快，國語就很不標準，一時之間繽繽和巧慧都沒聽清楚阿姨到底在跟那個學姐吼什麼，聽了一會兒才聽出來，原來是學姐嫌阿姨打的那份青菜份量太少了，而那份青椒炒肉絲裡又看不到幾根肉絲，阿姨聽了很不高興，就一直數落現在的小孩子一個個都像是王子公主，整天只知道「茶來伸手，飯來張口」，完全不知道在現實的世界裡，大人有多麼的不容易。

「你們也不看看現在的物價有多高啊！」阿姨的嘴裡反反覆覆就是念叨著這句話。

在不遠處賣飲料的地方，果然看到一個大塊頭的年輕人，正在和叔叔對吼；那是阿姨的先生和兒子。繽繽和巧慧聽不大清楚兩個人究竟在吼些什麼，只聽到那個年輕人一直在說自己有很好的預感，這次一定行，而叔叔呢，則是一直在嚷著「不行，不行」。

這一家人看起來都很不高興。

SPORTS
SPORTS
Peach
Cola
Cola
BLACK
COFFEE
BLACK
BLACK

陽臺的小菜園

繽繽回到家，看到奶奶正在陽臺忙碌著。

陽臺有一點亂，地上也有一點髒，面積不大的陽臺現在堆著好幾個大尺寸的圓形塑膠盆、兩袋泥土，還有一些鏟子、鑽子之類的工具。

「奶奶，你在幹嘛？」

奶奶露出一個快樂的笑容，「我想把這裡弄成一個小菜園。」

「小菜園？」繽繽覺得好新奇。

「這是跟樓下森森的外婆學的啦，森森的外婆說，現在的物價太高了，公寓裡就算沒有辦法養雞養鴨和

養豬，至少可以種種青菜，這樣以後就可以省下買青菜的錢了。」

是啊，繽繽想起曾經聽森森的外婆跟奶奶說過，她覺得在城市裡的生活實在是太難了，還是在老家輕鬆，一日三餐所吃的東西大部分都是自己養的或是種的，不像在城市裡，不管吃什麼都要花錢去買。

奶奶說：「我覺得這個點子很棒啊，而且，種種菜也是一種運動嘛，你看這兩袋土就是今天早上我跟森森的外婆到後山去挖回來的，滿累的，出了我一身的汗。」

「啊，你怎麼不等我回來陪你一起去！」繽繽說。

小小年紀的繽繽，已經很知道心疼奶奶啦。

奶奶笑咪咪的說：「你要上學呀，我們兩個老人家反正沒事，當然就一起去啦。這樣吧，你來幫奶奶一起種好了。」

「好耶！我要幫忙！」繽繽馬上像風一樣的先衝回房間，把書包放下，再趕快跑回陽臺。

「不急，你等我一下，我忘了拿菜籽，我現在就下去跟森森的外婆拿菜籽，幾分鐘就回來。」

可是，一心想幫忙的繽繽，連幾分鐘也等不了；再說，也許奶奶一見到森森的外婆，兩個人又要聊上一會兒，那就不只是幾分鐘的事了。繽繽看看那兩袋泥土，決定不如自己先動手吧。

過了一會兒，奶奶回來了，而且還帶著小森森一起回來。小森森一臉悶悶不樂。

「森森，你怎麼啦？」繽繽問。

「外婆種菜都不讓我幫忙。」森森說。

「沒關係，林奶奶不是請你來幫忙了嗎？……咦，繽繽，你怎麼把土先裝好了？」

是啊，繽繽拿著自己去沙灘玩的小鏟子，轉眼就已經在兩個塑膠盆裡都裝好了土。現在聽奶奶這麼問，她一時有些糊塗，「奇怪，這些土不是要裝在盆子裡的嗎？」

繽繽認為這應該是很明顯的事啊，當然一定要先把塑膠盆裝了土，才能在上面種菜呀。

奶奶卻說：「可是，塑膠盆沒有排水孔啊，應該先鑽好幾個排水孔再裝土，否則水澆下去排不出來，菜根就要爛了。」

原來如此！繽繽這才恍然大悟，怪不得奶奶種菜還要準備鐵鍾和鑽子，這些工具原來是為了要打洞用的。

繽繽覺得很不好意思，趕緊把盆子裡的土倒出來。稍後，等奶奶把幾個塑膠盆都打好排水孔以後，繽繽和森森再一起把土重新裝進盆。

「好，現在要開始了！」奶奶一聲令下，陽臺種菜「工程」就正式開始。

鬆土、挖洞、放入菜籽、覆土，繽繽和森森忙了半天，終於和奶奶一起把菜籽全部都種好了。

「好了，現在再澆澆水就行啦。」奶奶說。

「讓我來，讓我來澆！」森森央求著。

「好，你來……少一點，不要太多，別把菜籽給淹死了。」

繽繽到這個時候才忽然想起一個問題，「奶奶，我們種的是什麼菜？」

奶奶神情愉快的說：「乖，是你最喜歡吃的小白菜和青江菜。」

繽繽的夢

當天晚上，繽繽做了一連串好玩的夢。繽繽不知道，在她一夜甜睡的時候，嘴角都還帶著一絲絲的笑意呢。

第二天早上，小鬧鐘一響，繽繽按掉鬧鐘，伸伸懶腰，在床上發呆了一會兒。

她的腦海裡還浮現著一些夢裡的片段，但是好像都很模糊。好奇怪喔，才剛剛醒來沒一會兒，原本感覺還很清晰的夢境怎麼就已經迅速遠去，很快的就已經記不太清楚了。繽繽躺在床上，看著天花板，

想了半天，只記得自己彷彿沿著一條爬藤一直往上爬、往上爬，一下子居然就爬到了高高的天際，好多小白雲都在自己下面……但是，才一眨眼的功夫，自己彷彿又變成一個小精靈，在一片茂密的樹林裡蹦蹦跳跳……咦，樹林？不對，不是樹林，仔細一想，繽繽想起來了，其實是一大片又高又大的小白菜和青江菜！

一想到這裡，繽繽就趕快跳下床，跑到陽臺一看——

幾個塑膠盆還無聲無息，一點動靜也沒有。

「繽繽，別急，沒有那麼快啦，昨天才剛剛種的呀，」奶奶在餐廳那兒喚著繽繽，「快過來吃早餐。」

過了一會兒，在餐桌上，繽繽告訴大家自己昨晚所做的夢。

媽媽說：「我覺得順著植物爬到天上的那個夢，聽起來很像是《傑克與魔豆》嘛。」

繽繽想想，嗯，是很像。尤其是昨天陳老師才剛剛帶大家用這個故事玩過「故事接龍」；想想這大概就是「日有所思，夜有所夢」吧。

爸爸說：「我覺得這兩個夢都很好，都是一個好兆頭。」

「是嗎？怎麼說？」媽媽問。

「你看，順著爬藤往上爬，這不是表示『步步高升』嗎？在大大的青菜田裡，不就表示『欣欣向榮』嗎？哈哈，我看啊，我們家今年一定一整年都是順風順水，好得很！」

媽媽看了爸爸一眼，「哎，你該不會是真的對老鬼的話很在意吧？」

「老鬼」是爸爸的一個老朋友，很久沒有聯繫了，昨天竟然巧遇，原來老鬼的兒子也在爸爸教書的學校裡念書，老鬼來參加家長會，兩人這才在校園裡不期而遇。老朋友相見，兩個人都滿高興的，後來老鬼還非常熱情的邀爸爸一起去吃飯，小聚了一下。席間老鬼說他現在專心研究命理，原本是想當成副業，但幾年下來，現在副業的收入反而都快超過他的本業了，說著，老鬼還好意替爸爸算了一下，結果說爸爸今年的流年有點不利，財運不佳，提醒爸爸要多多注意。

「沒有啦，我哪會這麼迷信，」爸爸笑笑，「我是真的覺得有很好的預感嘛，我相信我們家一定會很好的，其實只要大家都健康平安，沒有比這個還要更好的了。我們當老師本來就不可能有什麼財運，說我財運不佳，說了等於沒說。」

繽繽忽然問道：「爸爸，什麼叫做『預感』？」

「『預感』嘛……就是一種感覺，這個有一點難說……」

「昨天餐廳阿姨的兒子在跟他們要錢的時候，也是一直說他有一個很好的預感。」

「哦，那不一樣……」

吟
月
李白
李白

龍龍

餐廳阿姨的兒子名叫龍龍，爸爸認識他。因為龍龍念國中時，爸爸曾經教過他，還當過他的班導師。

在爸爸的印象中，龍龍這個孩子其實很聰明，但就是比較嬌，吃不了苦，又總是羨慕那些家境比較好的同學，有時在言談之中還會流露出對父母的不滿，嫌棄父母只不過是普通的小生意人，在一所小學裡承包餐廳，沒多大前景，又為人小氣，總是管制他的零用錢。為此當時身為班導師的爸爸，曾經開導過龍龍好多次。

爸爸教書這麼多年，最怕碰到的就是像龍龍這樣自恃有一點小聰明，卻不肯腳踏實地的學生。爸爸說，每個人的天資不同，不夠聰明不要緊，只要肯努力，還是可以勤能補拙，但是如果不肯努力，那就很麻煩；而有一點小聰明的人如果不肯努力，總是想坐享其成，這就很危險了，一不小心就容易偏離正軌。

幸好，龍龍的本性還不壞，所以，儘管學習成績很糟糕，倒也還不曾做過什麼違法亂紀的事。

龍龍的父母眼看兒子對念書不感興趣，雖然失望，但也實在拿他沒辦法。龍龍國中畢業以後，不想升學，父母只好由他了，打算從此把龍龍帶在身邊，想將夫妻倆的廚藝通通都教給他，心想這樣龍龍好歹也有一技之長，將來還可以接手他們兩人的工作。

日子就這樣平平靜靜過了三、四年。可是，當龍龍的父母開始指望原本擔任副手的龍龍能夠承擔更多的責任與工作時，龍龍卻不幹了，總是口口聲聲嫌廚師的工作太辛苦。後來，還索性搬了出去，說是要和朋友一起出去闖一闖。

爸爸聽說龍龍輾轉做了好幾個工作，但都是不了了之。聽說龍龍每次在開始一份新的工作時，都信誓旦旦向父母保證，這次的感覺絕對不會錯，這次一定能做出一番了不得的成績。其實龍龍的父母也算是不錯的了，儘管兒子不肯在身邊幫忙，讓他們有一點失望，但仍滿心期望如果兒子能自己闖出一點名堂，那也是好事，因此，總還是願

MEIJI
白桃

意給孩子一點支持，包括精神和經濟上的雙重支持。

然而，龍龍卻一次又一次的讓他們失望。

他一次次回家向父母要錢，又一次次把父母的血汗錢都拿去打了水漂。漸漸的，父母也開始有意見了，並且愈來愈不願意再拿出兩人的老本來貼補兒子。

於是，龍龍每次一回來跟父

母要錢的時候，就經常會惹得父母不悅，爭吵也就難以避免了。

現在，聽到繽繽敘述昨天在學校看到龍龍又跟父母大吵，爸爸不禁為這個昔日的學生感到憂心，心想，這次龍龍要錢又是要做什麼呢？

動靜

奶奶和繽繽合力在陽臺開闢了「小菜園」之後的第三天，也是禮拜天。本來一到禮拜天，除了奶奶，可以說是一個全家賴床的日子，可是這天早上，繽繽非常難得沒賴床，一大早就自己醒了，然後一跳下床就衝到陽臺。

她急切的想要看看那些菜籽有沒有動靜。結果，還真的有驚喜的發現，今天的小菜園終於有了非常不一樣的景致。

「奶奶！快來看！發芽了，發芽了！」繽繽忍不住大聲嚷嚷著，

高興的又蹦又跳。

奶奶趕緊從廚房裡跑出來，把右手食指豎在自己的嘴巴上，示意要繽繽小聲一點。

「乖，別那麼大聲，讓你爸媽多睡一會兒。」

哦，對喔，繽繽想起來了，爸爸媽媽都還沒起床呢，只好勉強壓抑自己想要興奮大叫的念頭，小小聲的說：「發芽啦，發芽啦！」

她的小手還拼命的指著小菜園，唯恐奶奶沒注意到。

其實，奶奶當然是早就發現啦。

「是啊，我剛才一早起來也看到了。」奶奶說。

只見每一顆菜籽都冒出兩片小小的、又嫩又綠的子葉，看起來真是可愛極了。

這時，爸爸媽媽剛好都從房裡出來。

「看到什麼了啊？」爸爸一邊問，一邊打了一個大呵欠。

既然爸爸媽媽都醒了，繽繽就不必再壓低嗓子說話啦，馬上就放聲嚷嚷道：「我們種的小白菜和青江菜都發芽啦！」

繽繽滿心歡喜，無論是表情或是語調都是那麼的快樂。

「瞧你高興的。」媽媽走過去，也蹲下來和繽繽一起看著小菜園。

繽繽驕傲的說：「你看，是不是很可愛？」

「嗯，是啊，是很可愛，」媽媽看了一會兒，說：「我覺得看起來還挺像幸運草的耶，我還不知道青菜剛發芽的時候，看起來居然會這麼像幸運草。」

爸爸也湊過來看，然後說：「真的滿像的，真是太好啦，那我們現在豈不是有了一整個陽臺的幸運！」

媽媽看著爸爸，打趣道：「你該不會又要說，這真是一個好預兆吧！」

爸爸笑著說：「哈哈，確實是一個好預兆啊！這表示我們很快就可以有美味的蔬菜吃啦！」

正說著，「叮咚！」一聲，門鈴響了。

爸爸大步去開門，「奇怪，誰這麼一大清早就來按門鈴……」打開一看，原來是樓下的小森森。

「姐姐！告訴你一個好消息……」

原本滿臉興奮的森森，一衝進來之後，看著繽繽家的小菜園，

愣了一下，然後就失望的說：「啊！你們家的也發芽了！」

繽繽立刻就明白了，一定是森森家的小菜園也有動靜了，然後這個小傢伙想要跑上來獻寶。

繽繽問道：「是不是你家的青菜也發芽了？這是當然的嘛，我們是在同一天種下的

啊！」

「對喔，我忘了。」森森不好意思的抓抓腦袋。

就在這時，森森的外婆也上來了，她是來找森森的，笑咪咪的問森森：「你不是說要幫忙澆水的嗎？還澆不澆呀？」

「要！要！我要澆！當然要澆！」森森興高采烈的，一溜煙就跑掉了。

繽繽一家人隨後一起吃早餐時，爸爸說：「我好像難得看到張婆婆這麼輕鬆、這麼愉快的樣子，經常看到她都是皺著眉頭。」

「張婆婆」就是森森的外婆。

繽繽說：「是啊，森森常常跟我說，外婆好凶。」

這時，奶奶說話了，「哎，你們小孩子不懂，其實人家張婆婆也不容易，她跟我說，她在這裡住不慣，還是喜歡待在老家，每天種種菜，心裡踏實，如果可以選擇，張婆婆是很想回去的，可是，女兒女婿這裡需要幫忙，她也不能走。」

是啊，這個繽繽也知道。因為森森的爸爸是科學研究員，一年到頭難得在家，而森森的媽媽工作也很忙，家裡的大事小事，尤其是照顧森森的事，幾乎都是張婆婆在承擔。

媽媽說：「那現在能夠在陽臺種種菜，張婆婆一定很高興了。」

「就是啊，」奶奶說：「勞動慣了的人，突然叫她不勞動，就容易閒得發慌。雖然做飯打掃也是勞動，可能還是不如種菜那麼有成就感吧。」

張婆婆的菜園

張婆婆是在去年森森剛剛滿三周歲過後，在女兒的一再要求之下，才勉為其難來到都市裡跟女兒一起住；因為女婿遠調到別的地方工作，久久才能回家一次，而女兒自己本身的工作也很忙，小森森實在是沒人照顧。

在老家，張婆婆住的屋子旁邊就有一個種滿蔬菜的菜園。森森還模模糊糊的記得以前每次一回外婆家，老喜歡往外婆的菜園跑，尤其是當菜園一片綠油油的時候，森森總希望能夠一直待在菜園裡，根本

就不想出來。

到了豐收季節，森森還記得曾經幫外婆到菜園裡採收過……或者是到菜園看外婆採收？他也說不準了。

採收後，因為張婆婆平常一個人住，就算再加上森森和媽媽，也還是吃不完，所以森森還記得，自己好像曾經跟媽媽一起把一部分的蔬菜拿去送給左右鄰居，再把一部分的蔬菜拿到附近的小菜市場去賣。

森森還記得自己小時候幫外婆種過菜。他記得早晨菜園裡空氣好清新，風吹在臉上的感覺也好舒服、好涼快，當然，對森森來說，最好玩、印象最深的記憶，還是曾經跟外婆學過該怎麼樣種菜，他記得自己把一些小小的東西（想必就是種籽）放進泥土裡，用小鏟子把泥土蓋起來，再輕輕的拍一拍，然後為它們澆水……

想到這裡，森森蹲在陽臺的小菜園旁邊，歪著腦袋認真的問道：「外婆，以前我幫你一起種過什麼菜啊？」

「多啦，有高麗菜、白蘿蔔、苦瓜、番茄……」說著，張婆婆自言自語：「等這一批青菜摘下來以後，我再去弄一點別的蔬菜種籽來種，這樣比較有變化。」

「可怕的」聚會

吃過早飯後，爸爸原本說好要陪繽繽去逛書店，卻突然被他的老朋友老鬼給約出去了。

爸爸向繽繽解釋，因為這是一場臨時約好的聚會，同時約了好幾個老朋友一起聚聚，大家都說很久沒見面了，想見面一下，如果只有他一個人缺席似乎不太好意思，所以……

「下次再陪你，好不好？別生氣喔，不是爸爸不講信用喔。」爸爸再三向繽繽解釋。

繽繽十分寬宏大量，直說沒關係，還老氣橫秋對爸爸說：「去吧，去吧。」

繽繽之所以能夠如此不計較，其實是因為爸爸向來很少對繽繽失信；如果爸爸對於答應繽繽的事經常都只是隨口說說，說了就忘，恐怕繽繽現在就不會這麼好說話了，也許即使是表面不說，心裡也一定是很有意見的。

於是，就改成奶奶陪繽繽去書店。書店很近，走路十分鐘就到。

媽媽說要在家裡備課，就沒去。

在書店裡，奶奶先陪繽繽去看看童書，然後要繽繽陪她去放園藝書籍的角落看一看。奶奶告訴繽繽，除了種菜，以後她也想種一點花。

植物圖

祖孫倆在中午前回到家，只見媽媽已經煮好了一桌的菜。

奶奶顯得頗為驚喜，「喲，你不是說要備課嗎？怎麼還下廚了？我是算好時間要回來弄的啊。」

媽媽笑著說：「課是要備的，但是飯也該做嘛，平常都是您在忙，您偶爾也該休息休息啊。」

奶奶顯得很高興，看看桌上的佳餚，「就我們三個人，你做了這麼多的菜？」

媽媽說，不是的，是因為繽繽爸爸也要回來吃午餐，而且馬上就會到家。

「他不是說要跟老朋友聚聚，不回來吃了嗎？」奶奶問。

「我剛才接到他的求救訊息，說他那個朋友老鬼拼命在拉他做什麼傳銷，要我趕快打個電話把他給叫回來！」

「還有這種事啊！」

「是啊，當時才好笑呢，我一打過去，根本還沒說什麼，他就一個人在那邊裝模作樣，裝出一副好像很緊張的樣子，一直在說什麼『好好好，我現在馬上回來，馬上就回來！』」

沒過多久，爸爸果真回來了，一進門就說：「謝謝老婆大人救命！哎，以前聽人家說，老朋友之間如果很久沒有聯繫，突然聯繫起來，一定是教你買保險，要不然就是教你去做傳銷，我還不知道原來是真的呢。今天差一點就回不來了！好險，好險！」

媽媽說：「老鬼倒很沉得住氣嘛，那天沒有一看到你就說。」

「就是說啊，那天他只說他很會算八字，沒說他也會拉人做傳銷啊。不過，那天也許算是一個鋪陳吧，我也不知道，總之，他一直說我的正財運雖然不怎麼樣，但是他幫我算算，說我的偏財運還是可以的，並且一直強調這是一個大好的機會。」

「你怎麼不直接拒絕他呢？」媽媽問。

爸爸一臉無奈，「他把我們幾個老朋友一起找去，一起給我們上課，我看其他人好像都還有一點興趣的樣子，我當眾實在是開不了口啊，只好趕快三十六計走為上策，以後他如果再來拉我，我再跟他明說好了！」

爸爸的擔心

爸爸怎麼也沒有想到，自己還沒來得及拒絕老鬼，居然要先拒絕自己從前教過的一個學生。那就是龍龍，承包繽繽學校餐廳阿姨的兒子。

爸爸說，當龍龍來到學校，出現在自己眼前時，他還以為只是單純的學生回來探望老師呢，想到繽繽提過最近龍龍和父母的爭吵，正想表示一下關心，不料還沒講上幾句話，龍龍居然就講起傳銷來了。

「我簡直快要暈倒！」爸爸誇張的說。

媽媽問：「跟你朋友老鬼做的是同一家嗎？」

「不同家，不過都是標榜能夠快速致富，」說著，爸爸開玩笑的說：「其實我乾脆介紹他們兩個認識好了，就讓他們兩個互相講給對方聽吧，看看最後到底誰能把對方給說服！」

奶奶說：「奇怪，怎麼現在做傳銷的人那麼多啊。」

爸爸說：「就跟炒股票的人很多是一樣的吧，大家都是想發財想瘋了。」

這時，繽繽想起一件事，「聽說前幾天餐廳阿姨因為凶我們被校長講了一頓，有同學說看到阿姨後來在哭。」

爸爸嘆了一口氣，「唉，我想她一定很為龍龍操心。我問龍龍，他父母對他現在要做的事，態度怎麼樣？他馬上就很不滿的說，父母都不信任他，不信任他的預感，也不信任他的判斷，一點也不肯支持……」

「那你怎麼說呢？」媽媽問。

「我當然是好好的開導他一頓啦，我告訴他，我完全支持他父母的觀點，還勸他應該多學學父母吃苦耐勞的精神，其實，只要勤勞，不偷懶，慢慢做，就能慢慢累積出成績的，別老是想著要一夜暴富。」

「龍龍聽得進去嗎？」媽媽又問。

爸爸苦笑道：「這還用問，當然是聽不進去啦，我才沒講幾句，他就說要走了。」

媽媽打趣道：「那下次老鬼再來拉你做傳銷的話，你也用這一招好了，趕快跟他精神講話，他就會跑了！」

「老鬼有這麼好對付就好嘍，」爸爸說：「說真的，我是真的愈來愈擔心龍龍了……」

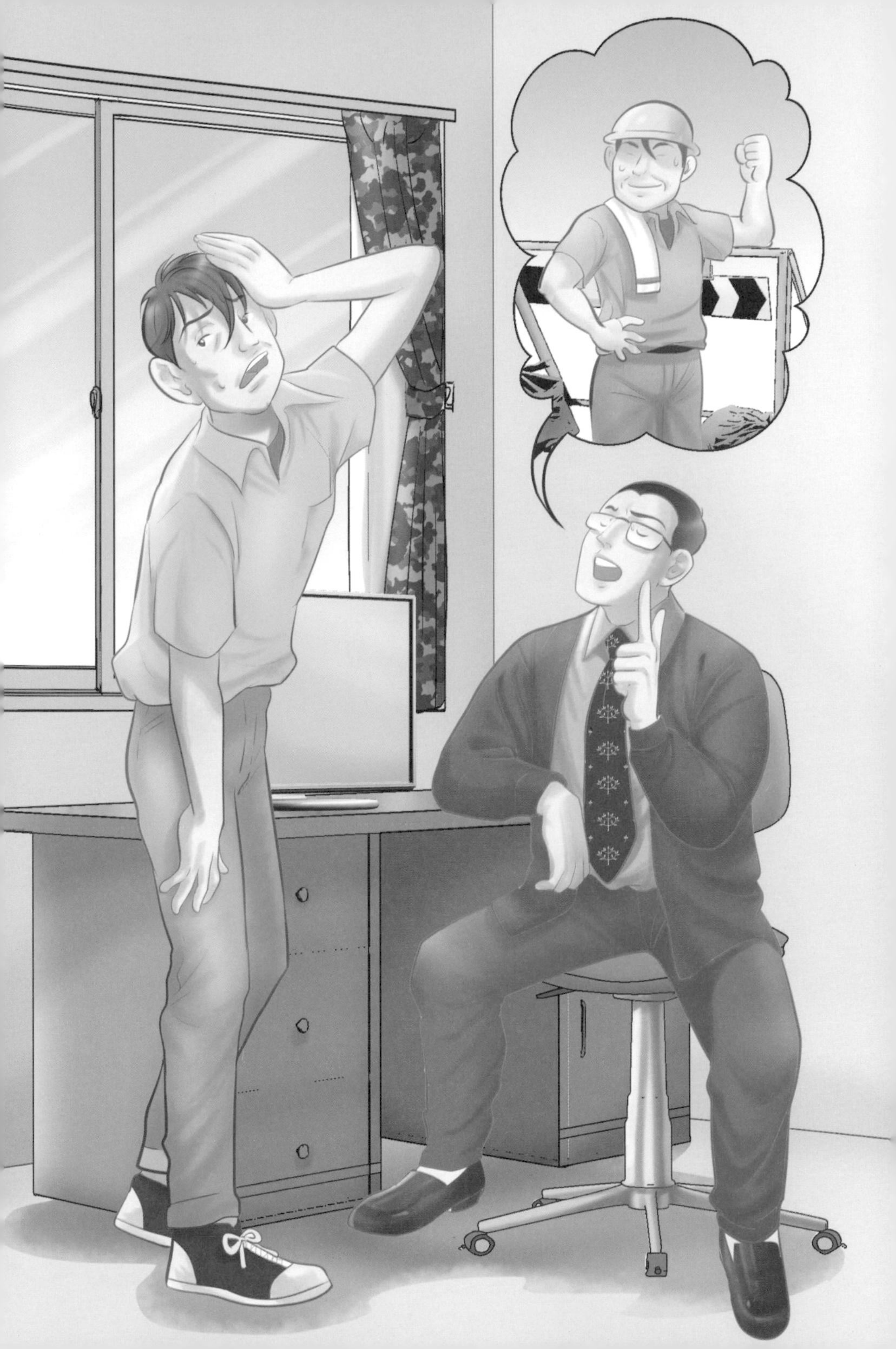

森森闖禍了

繽繽每天都細心照顧著小菜園，每天一早起來第一件事就是趕快去看小菜園，然後用她的小澆花器（本來是沙灘玩具）來替小菜園澆水。

樓下的小森森同樣也很關注他和外婆的小菜園，沒事就會上來看看繽繽的小菜園，同時報告自己家小菜園的情況。

這天，繽繽放學回家，一進樓梯間就聽到有小孩在哇哇大哭。

「咦，這好像是森森的聲音？」繽繽疑惑著，覺得有些不安。

走到三樓，哭聲更響了，這下繽繽可以確定真的是森森在哭。

繽繽站在森森家的門外，聽了一會兒，除了聽到森森在哭，還聽到森森的外婆在罵人，但可能是因為張婆婆現在的情緒比較激動，聽不清楚她到底在罵些什麼。

可想而知，大概是森森闖禍了。

森森到底做了什麼啊？繽繽很擔心。

她想了一想，鼓起勇氣伸手按了門鈴。

大門開了，見到張婆婆板著一張臉，繽繽有點怕怕的，但還是小聲的問：「森森怎麼了？」

張婆婆把身體讓開，伸手一指，「你看看他幹的好事！」

張婆婆指著陽臺上的小菜園。

繽繽先是看到森森蹲在小菜園旁邊哭，趕緊走過去也蹲了下來。

她先摟摟森森的肩膀，溫柔的問道：「哎，怎麼了啦？」

才剛剛問完，繽繽轉過頭來一看到小菜園就愣住了，她馬上就知

道是怎麼回事了。

「天啊！原來真的會有這種事啊！」繽繽驚呼道。

張婆婆罵道：「真不知道他的腦袋在想些什麼，真是氣死我了！」

森森呢，仍滿臉淚痕、充滿委屈的啜泣道：「人家我只是想幫忙嘛！」

繽繽對森森說：「拜託，這怎麼是幫忙啊，我跟你說，有一個故事就是這樣的，說有一個人因為覺得稻子長得太慢，就把稻子拉高一點，結果反而把稻子都給害死了。」

這就是「揠苗助長」的故事，以前繽繽一直都覺得這個故事太誇

張了，哪有人會這麼做，沒想到……

張婆婆氣呼呼的說：「要不是我發現得早，他就要幫所有的菜苗通通都長高了！」

幸好，現在只有幾株菜苗慘遭毒手。

「人家我不知道不能幫忙嘛！」森森還是一副挺委屈的樣子。

「現在你可知道了？」張婆婆生氣的說：「做什麼事都得慢慢來，哪能一步登天啊。」

森森闖禍了

安心蔬菜

不久，繽繽和奶奶的小菜園收成了，繽繽好開心啊！

當天晚餐，吃著自己種的青菜，繽繽覺得味道特別的好。

奶奶沒有把採下來的小白菜和青江菜通通拿去煮，反而特別用塑膠袋裝了其中幾把，要繽繽帶到學校去送給陳老師。奶奶說，陳老師平常那麼關心學生，真的是一位好老師，向陳老師表示一點心意是應該的。

「老師也是人，也很需要我們打氣呀。」奶奶說。

媽媽說：「哎，要是我們班的家長也都能夠這麼想就好了。」

媽媽班上有少數兩、三個家長很強勢，也很難溝通，總是把孩子的學習不佳全部一股腦兒都怪罪到身為老師的媽媽身上，總認為都是因為老師無能，孩子的學習才始終不見起色，這番無理的言詞經常讓媽媽煩惱不已。

奶奶交代繽繽：「記得要告訴老師，說這是我們自己種的安心蔬菜。」

第二天，繽繽坐公車上學時，一直把那包蔬菜舉得高高的，生怕被擠到。一到學校，繽繽一下車，首先就是確認蔬菜怎麼樣，看到所有的葉片都還是很漂亮，這才放心。走進教室，碰到李家富，李家富奇怪的問：「你怎麼一大早就去買菜？」

「不是買的啦，是我跟奶奶種的。」繽繽的口氣裡有一種明顯的自豪。

「真的？你自己種的？」李家富似乎不大相信。

「當然是真的。」說著，繽繽不再跟李家富囉唆，趕快把安心蔬菜送到老師的辦公室去。

當陳老師知道這是繽繽和奶奶在陽臺自己種的以後，顯得很有興趣，問了繽繽好多問題，然後對繽繽說：「你可以把這件事寫

成一篇作文呀，這是一個很棒的題材，還有，待會兒上課的時候你跟全班同學報告一下這件事好不好？讓班上同學也聽一聽，體會一下，很有意思的。」

一聽說陳老師要自己向全班同學報告種菜的經驗，繽繽本來馬上就想到其實還有一件更好玩的事呢。

「住在我們家樓下的小鄰居也在種菜，居然異想天開的想幫忙菜苗長高……」

不過，這個念頭在繽繽的腦海裡一閃即逝。繽繽心想，講出來只會讓大家一起取笑森森，她可不想為了增加報告的精采度而「出賣」森森，森森還小嘛，也難怪會有這麼離譜的想法。

從老師辦公室出來的時候，繽繽無意中聽到兩位老師的對話，意外得知一件事……

當天晚上，繽繽聽到爸爸跟媽媽說起他那個朋友老鬼做傳銷賠掉了好多錢，聽說已經被迫準備要賣房子來還債，苦不堪言，繽繽忽然插話道：「爸爸，你好像說過我們餐廳阿姨的兒子以前是你的學生？」

「是啊，沒錯。」就是龍龍啊，爸爸忽然有一點緊張，「他怎麼了？」

「聽說他也是想參加一種什麼銷的活動，可是叔叔阿姨不肯給他錢，結果他就用偷拿的。」

「啊！真的？偷拿？」爸爸很吃驚。

「是啊，我今天在老師辦公室的時候，聽到兩位老師這麼說。」

看來是真的了……可是，該怎麼說呢？爸爸很快再轉念一想，又覺得對於龍龍做出這樣的事，好像也不是太意外。

「唉，」爸爸重重的嘆了一口氣，感到無限的惋惜，「終於還是走上這一步了……」

在爸爸的觀念裡，孩子的學習成績怎麼樣還是次要，最重要的是人品一定要端正；此外，每個孩子在成長的過程中，可能都會經歷一些比較迷茫的階段，但只要不做違法亂紀的事，就永遠都還是有希望，如果違法亂紀，雖然也不是從此沒希望，但就像是走錯了路，不小心拐進了岔路，偏離了正軌，總是會比較吃力才能回到康莊大道。

爸爸決定要去找找龍龍，看看能不能拉他一把，把他勸回到正軌上。

展望

自從吃到繽繽家的安心蔬菜以後，陳老師就有了一個點子。

在靠近學校操場的地方有一塊地，長期荒廢在那裡，校工除了定期來除除雜草之外，並沒有做其他的用途，而事實上也因為這一塊地不僅面積不大，形狀也很不平整，確實也很難運用，但是現在陳老師很想向楊校長提出一個申請……她想要率領四年一班的小朋友，同心協力把這裡開闢成一個小菜園。

陳老師心想，讓孩子們都有機會像繽繽那樣，體會一下勞動以及

收穫的快樂，對孩子來說是很有益處的；至少可以讓孩子們親身體驗到，只要肯勞動，做一個勤勞的人，就不怕沒有收穫。

然而，最近楊校長老是在外開會，陳老師始終碰不到他，等到這天好不容易聽說楊校長回來了，陳老師手頭的事情又特別忙，一直到下午都快放學了，這才終於騰出一個空檔，匆匆忙忙跑去找楊校長。

楊校長聽完陳老師的想法以後，開口第一句話竟然是：「這件事你是不是跟老何他們談過？」

「老何」就是承包餐廳的何先生。

「老何？」陳老師很納悶，「沒有啊？」

陳老師一頭霧水，不明白楊校長為什麼會突然這麼問。

校長說：「哦，那可真是太巧了，因為就在差不多一個小時以前吧，老何來跟我提出了同樣的建議。」

「您是說？……」

「老何問我，能不能讓他們在那塊廢地種種菜，還說他的兒子會來負責管理那塊地。」

「他的兒子？」陳老師也知道龍龍，想了一下，斟酌道：「前幾天我聽說……」

陳老師沒有再說下去，不過楊校長還是心領神會道：「是啊，我也聽說了。」

校長告訴陳老師，老何說，龍龍前段時間偷偷拿去做傳銷的錢雖然通通都賠掉了，但是至少龍龍現在已經迷途知返，並不是冥頑不靈，這幾天龍龍已經跟父母坦承錯誤，表示願意回到父母身邊來幫忙，學習腳踏實地的做事，還主動表示想要利用校園裡的一些空地來種種菜或是種種花。

「聽說這是一位從前教過龍龍的老師建議他的，說只要能夠讓龍龍體會到勞動的快樂，包括從勞動中獲得的成就感，他就不會再走歪路。老何說，他們夫妻倆都願意再給龍龍一次機會，請我也幫幫忙，我覺得如果有機會幫幫這個年輕人，那倒是件好事，所以我已經答應他們，讓他們在你說的那塊空地上種菜。」

陳老師覺得於情於理，確實都應該是讓龍龍來打理那塊空地比較合適，但是她又覺得孩子們如果種不了，好像有一點可惜，因此提了一個折衷的方案，詢問能不能讓小朋友充當助手，把全班小朋友分組，大家輪流到龍龍負責打理的菜園裡來幫忙？

楊校長說：「聽起來這倒是滿可行的，這樣吧，因為我已經答應老何了，要不你就自己去跟老何他們再商量一下，反正我是沒有意見。」

於是，陳老師又鍥而不捨跑到餐廳去找老何。

老何夫妻也是很明事理的人，並不堅持非要由他們一家三口來開闢菜園。因此，協議很快就達成了。

不久，在大家的共同努力之下，那塊荒地很快就變成一塊茂盛的

菜園，每天都有好幾個小朋友輪流來這裡，幫著龍龍這個大男孩一起澆水施肥，細心照顧這些可愛的菜苗。

龍龍再也不迷信什麼預感了。尤其是前段時間碰到以前國中的林老師，聽林老師說起他有一個老朋友也在做傳銷，結果弄得一敗塗地，現在連僅有的一間套房恐怕都保不住的慘狀，龍龍真是忍不住的打了一個冷顫。

林老師還說，他那個朋友還會給人看八字呢，原本在拉一大堆老朋友想要一起做的時候，說得非常好聽，非常自信，還說他已經算過了，這個生意肯定會在短時間之內就會有很好的回報，但結果呢？

林老師跟龍龍說：「不是我要幸災樂禍，但是你想想啊，我這個朋友據說精通命理，結果都還是算不出來，而你所謂的那些預感都是別人告訴你的，恐怕更是不一定靠得住吧！」

在賠掉那些從父母那裡偷偷拿來的錢以後，龍龍本來就已經非常懊惱和自責了，現在再聽到

林老師說的這件真人真事，想到原來想要迅速致富，可是卻以失敗告終的人並不只他一個，龍龍發熱的腦子終於慢慢冷卻；他也終於想起父母一直告訴過自己的一句話，那就是……「還是要踏踏實實、勤勤懇懇的做事，不求快速發財，但至少穩當可靠，這才是最重要的」，龍龍心想，或許父母所言還真的有一點道理。

看到原本的空地現在變成了生機盎然的菜園，楊校長很滿意，打算還要在校園裡找出更多閒置的地方來開闢成菜園或是花圃，好讓更多的小朋友也有機會參與勞動。

國家圖書館出版品預行編目資料

好預兆／管家琪著；郭莉蓁圖. 2021.05初版. --
臺北市：幼獅文化事業股份有限公司,
112 面；14.8×21公分. -- (故事館；71)
ISBN 978-986-449-228-2 (平裝)

863.596　　　　110004659

・故事館071・

好預兆

作　　者＝管家琪
繪　　者＝郭莉蓁
出 版 者＝幼獅文化事業股份有限公司
發 行 人＝李鍾桂
總 經 理＝王華金
總 編 輯＝林碧琪
主　　編＝沈怡汝
副 主 編＝韓桂蘭
編　　輯＝謝杏旻
美術編輯＝李祥銘
總 公 司＝10045臺北市重慶南路1段66-1號3樓
電　　話＝(02)2311-2832
傳　　真＝(02)2311-5368
郵政劃撥＝00033368

印　刷＝錦龍印刷實業股份有限公司
定　價＝280元
港　幣＝93元
初　版＝2021.05
書　號＝984261

幼獅樂讀網
http://www.youth.com.tw
幼獅購物網
http://shopping.youth.com.tw
e-mail:customer@youth.com.tw

行政院新聞局核准登記證局版臺業字第0143號

幼獅文化公司／讀者服務卡／

感謝您購買幼獅公司出版的好書！
為提升服務品質與出版更優質的圖書，敬請撥冗填寫後（免貼郵票）擲寄本公司，或傳真（傳真電話02-23115368），我們將參考您的意見、分享您的觀點，出版更多的好書。並不定期提供您相關書訊、活動、特惠專案等。謝謝！

基本資料

姓名：……………………先生／小姐

婚姻狀況：□已婚 □未婚　職業：□學生 □公教 □上班族 □家管 □其他

出生：民國……………年……………月……………日

電話：（公）……………（宅）……………（手機）……………

e-mail：……………………

聯絡地址：……………………

1.您所購買的書名：**好預兆**

2.您通常以何種方式購書?：□1.書店買書 □2.網路購書 □3.傳真訂購 □4.郵局劃撥
（可複選）　□5.團體訂購 □6.其他

3.您是否曾買過幼獅其他出版品：□是，□1.圖書 □2.幼獅文藝
□否

4.您從何處得知本書訊息：□1.師長介紹 □2.朋友介紹
（可複選）　□3.幼獅文藝雜誌 □4.報章雜誌書評介紹……………報
□5.DM傳單、海報 □6.書店 □7.廣播(　　　　　　)
□8.電子報、edm □9.其他……………

5.您喜歡本書的原因：□1.作者 □2.書名 □3.內容 □4.封面設計 □5.其他

6.您不喜歡本書的原因：□1.作者 □2.書名 □3.內容 □4.封面設計 □5.其他

7.您希望得知的出版訊息：□1.青少年讀物 □2.兒童讀物 □3.親子叢書
□4.教師充電系列 □5.其他

8.您覺得本書的價格：□1.偏高 □2.合理 □3.偏低

9.讀完本書後您覺得：□1.很有收穫 □2.有收穫 □3.收穫不多 □4.沒收穫

10.敬請推薦親友，共同加入我們的閱讀計畫，我們將適時寄送相關書訊，以豐富書香與心靈的空間：

(1)姓名……………e-mail……………電話……………

(2)姓名……………e-mail……………電話……………

(3)姓名……………e-mail……………電話……………

11. 您對本書或本公司的建議：

廣 告 回 信
台北郵局登記證
台北廣字第942號

請直接投郵　免貼郵票

10045　台北市重慶南路一段66-1號3樓
幼獅文化事業股份有限公司

請沿虛線對折寄回

客服專線：02-23112832分機208　傳真：02-23115368
e-mail：customer@youth.com.tw
幼獅樂讀網http：//www.youth.com.tw